Analyse de l'œuvre

Par Tram-Bach Graulich
et Johanna Biehler

Andromaque

de Jean Racine

lePetitLittéraire.fr

Rendez-vous sur lepetitlitteraire.fr et découvrez :

Plus de 1200 analyses
Claires et synthétiques
Téléchargeables en 30 secondes
À imprimer chez soi

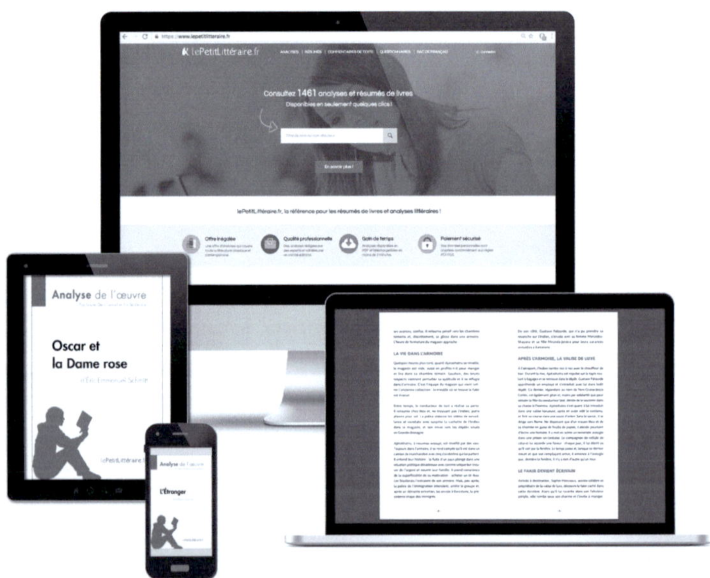

JEAN RACINE

DRAMATURGE FRANÇAIS

- **Né en 1639 à La Ferté-Milon (France)**
- **Décédé en 1699 à Paris**
- **Quelques-unes de ses œuvres :**
  - *Britannicus* (1669), tragédie
  - *Bérénice* (1670), tragédie
  - *Phèdre* (1677), tragédie

Jean Racine est la figure principale de la tragédie classique au XVIIᵉ siècle, au même titre que Molière (1622-1673) pour la comédie. Après une éducation poussée à l'abbaye de Port-Royal, il s'installe à Paris où, à partir de 1663, il est admis à la cour de Louis XIV (1638-1715) et mène une brillante carrière de dramaturge.

Principalement connu pour ses tragédies, il en a écrit onze. Celles-ci, rédigées dans une langue dépouillée et poétique, s'inspirent de la mythologie grecque (*Andromaque*), de l'histoire romaine (*Britannicus*) ou de l'histoire chrétienne (*Athalie*), et explorent les passions humaines.

ANDROMAQUE

DE LA MYTHOLOGIE GRECQUE
AUX TEINTES RACINIENNES

- **Genre :** pièce de théâtre (tragédie)
- **Édition de référence :** *Andromaque*, Paris, Seuil, 1962, 192 p.
- **1ʳᵉ édition :** 1667
- **Thématiques :** passion, dilemme, vengeance, mort, humiliation

Représentée pour la première fois en 1667, *Andromaque* est la troisième tragédie de Racine après *La Thébaïde* (1664) et *Alexandre le Grand* (1665). Elle constitue également son premier grand succès.

La pièce met en scène quatre héros issus de la mythologie grecque : Oreste, Hermione, Pyrrhus et Andromaque. En proie aux passions, à des dilemmes ou à des obstacles intérieurs, chaque personnage en aime un autre sans en être aimé en retour, ce qui provoque une chaine d'humiliations et de désirs de vengeance, qui aboutit finalement à la mort de la plupart d'entre eux.

Andromaque est encore aujourd'hui la pièce de Racine la plus jouée.

RÉSUMÉ

L'action se déroule un an après la fin de la guerre de Troie, dans le palais du fils d'Achille, Pyrrhus, roi d'Épire. Depuis un an, il tient prisonniers la Troyenne Andromaque, épouse d'Hector (le héros troyen tué par Achille), et son fils, Astyanax.

RAPPEL DE L'HISTOIRE DE TROIE

Les malheurs d'Andromaque ont commencé bien avant la première réplique de la pièce, avec la guerre de Troie qui a donné matière à de nombreuses pièces de théâtre antiques et classiques.

La reine Hécube de Troie, enceinte, perçoit dans un songe que l'enfant qu'elle porte causera la perte de la ville. Le roi Priam ordonne d'abandonner l'enfant après sa naissance. Pâris est alors recueilli par un couple de bergers. Une fois adulte, il reçoit la visite d'Aphrodite, d'Héra et d'Athéna qui lui demandent de désigner la plus belle déesse et de l'honorer d'un fruit en or. La pomme de la discorde porte la mention « À la plus belle » et a été lancé parmi les dieux par Éris pour se venger de ne pas avoir été invitée au mariage de Pélée et Thétis. Les trois déesses promettent une récompense fantastique en retour, et Pâris finit par choisir Aphrodite et l'amour de la plus belle femme du monde.

Plus tard, le jeune homme participe à des jeux organisés par la famille royale, durant lesquels sa sœur Cassandre révèle la vérité sur sa naissance grâce à son pouvoir de prédiction. Traité comme un prince, Pâris se voit chargé de mener des missions protocolaires qui l'amènent à rencontrer la belle Hélène. Aphrodite tient sa promesse, et le jeune homme rentre à Troie avec son nouvel amour, et cela malgré le mariage de celle-ci avec Ménélas, le roi de Sparte. Agamemnon, le frère de Ménélas, monte une expédition avec d'autres chefs grecs afin de ramener l'épouse enlevée et rétablir l'honneur de sa famille.

Le conflit dure dix ans au cours desquels se succèdent les affrontements entre champions : Achille tue Hector, un autre fils de Priam et mari d'Andromaque. Les troupes grecques cherchent désespérément un moyen de forcer les portes de la cité et de mettre fin au siège. C'est grâce à la ruse du cheval de Troie imaginée par Ulysse que les soldats parviennent à prendre la cité. Les survivants de la famille royale de Troie sont répartis comme butin de guerre entre les chefs grecs, et Andromaque est allouée à Pyrrhus, le fils d'Achille responsable de la mort d'Hector.

Andromaque quitte ainsi Troie avec son fils Astyanax pour l'Épire où commence l'intrigue de la tragédie de Racine.

La guerre de Troie a aussi de graves conséquences pour Oreste, membre de la famille maudite des Atrides. Fils d'Agamemnon, sa mère Clytemnestre prend Égisthe pour amant durant la longue absence de son mari. Celui-ci assassine le « roi des rois » dès son retour à Mycènes. Oreste, poussé par sa sœur Électre, vengera

ACTE I

Oreste, le fils du roi grec Agamemnon, arrive en Épire avec une ambassade. On l'a chargé de convaincre Pyrrhus de se débarrasser d'Astyanax qui, par son origine troyenne, constitue une menace pour la Grèce. Mais Pyrrhus est tombé amoureux d'Andromaque, la mère d'Astyanax, et refuse de ce fait de livrer son fils aux Grecs. La situation est d'autant plus compliquée que Pyrrhus est fiancé à une princesse grecque, Hermione.

Aussi délicate soit-elle, la situation arrange bien Oreste car il est amoureux d'Hermione. Si Pyrrhus reste sur ses positions et qu'il se marie avec Andromaque, Hermione sera donc libre pour lui seul, pense-t-il. Il est donc bien décidé à faire échouer sa propre ambassade.

Pyrrhus ne veut pas livrer Astyanax aux Grecs et se dit prêt à affronter toute la Grèce pour le protéger lui et Andromaque, qu'il aime (v. 229-236). Cependant, lorsqu'il fait part de son dévouement à celle-ci et lui propose de l'épouser, elle le rejette en le traitant avec sarcasme. Elle n'aura jamais que du mépris pour lui, le fils d'Achille, l'assassin de son mari. Pyrrhus, lassé par l'attitude d'Andromaque, la qualifie d'ingrate et devient menaçant. Si elle persiste dans son refus de l'épouser, son fils mourra (« Le fils me répondra des mépris de la mère », v. 370).

ACTE II

Hermione est furieuse à l'égard de Pyrrhus, mais, d'un autre côté, sa passion pour lui est plus vivace que jamais. Sans se l'avouer, elle espère secrètement qu'il délaissera Andromaque pour revenir vers elle.

Quand Oreste s'approche d'Hermione et lui déclare son amour par des lamentations pathétiques, celle-ci lui laisse penser qu'elle pourrait l'aimer (v. 533-536). Elle lui ordonne de s'adresser à Pyrrhus en ces termes : qu'il choisisse entre elle et Andromaque. S'il choisit cette dernière, alors elle quittera l'Épire avec Oreste.

Oreste considère que sa cause est gagnée. Selon lui, Pyrrhus aime trop Andromaque, ce qui fait qu'Hermione est désormais à lui. Or Pyrrhus a changé d'avis. Devant la froideur d'Andromaque, il a fini par écouter sa raison. Il livrera Astyanax à la mort et épousera Hermione. Oreste est désemparé par ce revirement. Pyrrhus, quant à lui, se réjouit à l'idée d'admirer prochainement l'humiliation d'Andromaque pleurant la mort de son fils (« Quel spectacle pour elle aujourd'hui se dispose !/ Elle en mourra, [...], et j'en serai la cause », v. 697-698).

ACTE III

Oreste est persuadé que Pyrrhus a pris le parti d'épouser Hermione à la seule fin de l'humilier. Pour le ménager, Hermione lui assure qu'il l'épouse surtout pour des raisons politiques. Oreste se retire. Hermione laisse alors éclater sa joie. Selon elle, Pyrrhus l'épouse parce qu'il l'aime véritablement (« S'il m'épouse, il m'aime », v. 846).

Arrive Andromaque. Elle supplie Hermione d'intercéder en faveur d'elle et de son fils, mais la princesse grecque lui répond avec une ironie méprisante avant de s'en aller. Andromaque se jette alors aux pieds de Pyrrhus et lui demande pitié pour son fils. Celui-ci réitère son marché : il faut qu'elle l'épouse pour qu'Astyanax ait la vie sauve. Andromaque est déchirée. D'un côté, en tant que veuve d'Hector, elle ne peut pas épouser Pyrrhus, le fils de l'assassin de son mari. D'un autre côté, la seule manière de préserver Astyanax est d'épouser Pyrrhus.

ACTE IV

Finalement, Andromaque fait le choix d'épouser Pyrrhus pour sauver Astyanax, mais elle compte se suicider après le mariage. Hermione apprend le nouveau revirement de situation et, envahie par un désir de vengeance, ordonne à Oreste de poignarder Pyrrhus dans le temple au moment de son mariage.

Hermione jubile à l'idée du crime à venir quand survient Pyrrhus lui-même. Sur un ton faussement désolé, il s'excuse auprès d'elle de son mariage avec Andromaque. Folle de rage, Hermione le houspille et le menace (« Porte aux pieds des autels ce cœur qui m'abandonne ;/ Va, cours ; mais crains encor d'y trouver Hermione », v. 1385-1386). Loin de porter attention aux imprécations de la princesse grecque, Pyrrhus se retire, ne pensant qu'à Andromaque.

ACTE V

Hermione est traversée par des sentiments contraires. Elle se réjouit de la mort de Pyrrhus tout en la redoutant. Oreste arrive et lui annonce que Pyrrhus, conformément à ce qu'elle désirait, a été poignardé dans le temple par ses soldats. La réaction d'Hermione le prend au dépourvu : au lieu d'applaudir son geste, elle le désavoue et le traite de monstre (« Tais-toi, perfide/ Et n'impute qu'à toi ton lâche parricide/ Va faire chez les Grecs admirer ta fureur/ Va : je la désavoue, et tu me fais horreur », v. 1534-1536).

Hermione s'étant retirée, Oreste mesure l'ampleur du désastre. Il a commis un parricide (synonyme, ici, de régicide), a trahi le droit d'hospitalité en tuant l'homme qui l'accueillait et a été sacrilège en commettant son forfait dans un temple, tout cela pour une ingrate.

Entretemps, Andromaque est devenue reine d'Épire et a déjà soulevé tout le pays contre les Grecs pour venger la mort de ses deux maris, Hector et Pyrrhus. C'est la guerre, Oreste doit fuir, mais il refuse d'abandonner Hermione. On lui apprend alors que celle-ci s'est suicidée sur le corps encore chaud de Pyrrhus. Sous ce dernier coup, Oreste, désemparé, remercie ironiquement le ciel (« Oui, je te loue, Ô ciel, de ta persévérance !/ Appliqué sans relâche au soin de me punir », v. 1614-1615) et, pris d'hallucinations, sombre dans la folie.

ÉTUDE DES PERSONNAGES

Entre les quatre héros principaux se tisse une chaine amoureuse où l'amour n'est pas réciproque. La chaine est donc tragique puisque chacun aime sans être aimé en retour.

ANDROMAQUE

Andromaque est la veuve d'Hector et la mère d'Astyanax, ainsi que la captive de Pyrrhus. Elle est confrontée à un dilemme : alors que sa fidélité envers Hector lui interdit d'épouser Pyrrhus, elle n'a d'autre choix que de le faire pour sauver Astyanax, leur fils.

Tout dilemme est, par sa nature même, impossible à résoudre. De fait, chez Racine, il conduit presque inévitablement à la mort. Dans l'acte IV, Andromaque a pris la décision de se suicider, mais elle est sauvée de justesse dans l'acte V par le cours des évènements.

C'est une captive, thème très présent chez Racine (voir Junie dans *Britannicus*). Néanmoins, cette position est paradoxale :

- prisonnière de Pyrrhus, Andromaque est dépourvue du moindre pouvoir politique ;
- cependant, faible politiquement, elle exerce un pouvoir amoureux sur Pyrrhus, ce qui, de ce point de vue, fait d'elle le maitre et lui l'esclave.

Désireuse de se venger de la mort de ses deux maris, elle se lance dans une guerre contre la Grèce peu de temps après être devenue reine.

PYRRHUS

Pyrrhus est le fils d'Achille et le roi d'Épire.

La contradiction tragique qui agite Pyrrhus provient du fait qu'il voudrait concilier l'inconciliable, à savoir l'amour et la politique (« Et je saurai peut-être accorder quelque jour/ Les soins de ma grandeur et ceux de mon amour », v. 243-244). Or, chez Racine, l'union entre amour et politique est toujours cause de désastre. Épouser Andromaque est une folie pour la Grèce car cela permettrait à Troie de renaitre. Pyrrhus en est conscient, mais il n'y voit absolument aucun inconvénient, du moment qu'il peut avoir Andromaque. Le projet de faire renaitre Troie semble même le séduire (v. 229-230 et v. 315). En un mot, il est aveuglé par son amour, ce qui le mène finalement à la mort dans l'acte V.

Alors qu'Andromaque est la captive, Pyrrhus, quant à lui, est son geôlier. Il y a cependant, une nouvelle fois, un paradoxe car :

- Pyrrhus a les pleins pouvoirs sur sa prisonnière ;
- mais son pouvoir est vidé de sa substance, puisqu'il aime Andromaque ; c'est elle qui règne véritablement sur lui (v. 353).

Ce paradoxe illustre la fusion contradictoire entre amour et politique. On dit que, chez Racine, la politique est érotisée. L'exercice du pouvoir doit nécessairement aller de pair avec l'emprise amoureuse et mène presque toujours à la catastrophe (la mort).

HERMIONE

Hermione est la fille d'Hélène. Elle est fiancée à Pyrrhus. Elle est un personnage incohérent : tantôt elle affirme aimer Pyrrhus, tantôt elle dit le haïr profondément ; tantôt elle laisse penser à Oreste qu'elle l'aime, tantôt elle l'insulte. Au dernier acte, elle désapprouve le meurtre qu'elle a elle-même ordonné.

La cause de cette incohérence réside dans le fait qu'Hermione, comme Oreste et Pyrrhus, est aveuglée par la passion. Toute passion est, par définition, déraisonnable, donc source de confusion, et finalement de mort. À ce titre, le suicide d'Hermione n'est pas un choix murement réfléchi, mais une impulsion instinctive.

Le mot qui la qualifie le mieux est la fureur. Chez Racine, la fureur d'un personnage est toujours le signe d'un conflit intérieur et, surtout, d'une impuissance à pouvoir résoudre ce conflit. Hermione ne sait pas si elle doit aimer ou haïr, ce qui la rend furieuse. La fureur est le symptôme même de la passion déraisonnable.

ORESTE

Oreste est le fils d'Agamemnon. Il est amoureux d'Hermione.

Son amour pour elle se mêle d'une dimension politique très forte. La raison d'État l'oblige à pousser Pyrrhus à épouser Hermione, pour le bien de la Grèce, mais sa passion amoureuse l'amène à faire échouer ce projet. Il sacrifie la raison à la passion. À la fin de la pièce, Oreste ne meurt pas, mais il sombre dans la folie, ce qui n'est guère un sort plus enviable chez Racine.

On a tendance à considérer Oreste comme une figure romantique. Dans la chaine amoureuse, il est le dernier maillon, l'exclu, le marginal. Sa passion pour Hermione est celle d'un désespéré. Dans l'acte V, c'est lui qui donne l'ordre décisif de tuer Pyrrhus, entrainant le suicide d'Hermione et sa propre démence. C'est donc un personnage funeste (son nom, Oreste, rime souvent avec « funeste » : v. 5-6, 389-390, 536-537, etc.), maudit, et sur lequel les dieux s'acharnent (« Oui, je te loue, Ô ciel, […]/ J'étais né pour servir d'exemple à ta colère », v. 1615-1618).

Comme on le constate, tous les personnages sont capables à la fois de vertu et de cruauté les uns envers les autres. Ils sont loin d'être parfaits, ce qui est une caractéristique fondamentale des héros tragiques chez Racine.

Ils sont également tourmentés par des contradictions inté-rieures qui constituent autant d'obstacles insurmontables, à savoir :

- l'incapacité de choisir entre deux choix (dilemme), comme c'est le cas d'Andromaque ;
- la volonté de concilier l'inconciliable, comme l'amour et la politique, comme c'est le cas de Pyrrhus ;
- l'aveuglement de leur raison par leurs passions.

Ces contradictions écrasent les personnages et causent

la plupart du temps leur mort, ce qui provoque chez le spectateur effroi et pitié, la définition même du sentiment tragique.

LES CONFIDENTS

Pylade, Cléone, Céphise et Phoenix sont respectivement les confidents et confidentes d'Oreste, Hermione, Andromaque et Pyrrhus. Ils n'ont pas de personnalité propre, sont quasiment interchangeables et n'interviennent pas dans l'action. Leur seule et unique fonction est de servir de confidents à leur maitre.

Sur le plan pratique, leur présence fait que les héros ne s'expriment plus par le biais de longs monologues, comme c'est le cas chez Corneille (1606-1684).

CLÉS DE LECTURE

LA STRUCTURE DRAMATIQUE D'*ANDROMAQUE*

Andromaque est une tragédie classique. Celle-ci se déroule habituellement en trois ou quatre étapes :

- **l'exposition**, qui présente la situation initiale. L'exposition permet au spectateur de prendre connaissance des personnages, de leurs rapports. Dans l'idéal, cette étape doit être brève. Dans *Andromaque*, elle n'occupe que la première scène de l'acte I. Oreste y fait un long récit à son confident et dévoile (en une seule réplique) toute la complexité de la situation de départ entre les quatre personnages principaux (v. 37-104) ;
- **le nœud**, qui constitue l'intrigue en tant que telle. On parle de nœud lorsque les héros se heurtent à des obstacles faits de contradictions apparemment insurmontables, ce qui est le cas dans *Andromaque* ;
- **le dénouement**. Idéalement, selon les théoriciens classiques, le dénouement constitue la seule et unique péripétie d'une bonne tragédie (une péripétie étant un évènement extérieur et inattendu qui modifie la situation des personnages). Dans *Andromaque*, l'unique péripétie se situe à l'acte IV où Andromaque, après avoir médité sur la tombe d'Hector, décide finalement d'épouser Pyrrhus. Les évènements des actes I, II et III ne sont pas des péripéties, mais les fluctuations internes des passions des héros ;
- **la catastrophe**. Elle est la conséquence du dénouement,

synonyme de mort pour beaucoup de héros. Dans *Andromaque*, le mariage d'Andromaque et de Pyrrhus provoque la vengeance d'Hermione, et donc la mort de Pyrrhus, qui entraine son suicide à elle, ce qui engendre enfin la folie d'Oreste. Certains considèrent le dénouement et la catastrophe comme une seule étape.

UNE TRAGÉDIE DE L'IRONIE

L'ironie consiste à dire le contraire de ce que l'on pense. Or, loin de susciter le rire, l'ironie est, dans *Andromaque*, plus proche du sarcasme. Elle constitue dans la bouche des héros :

- **une arme visant à humilier l'autre**. Ainsi, dans l'acte III, lorsque Andromaque supplie Hermione de l'aider, celle-ci lui répond qu'elle se pliera à la volonté de Pyrrhus, ce qui est ironique (« Faites-le prononcer ; j'y souscrirai, madame », v. 881-886) ;
- **un outil de manipulation**. Dans l'acte IV, Hermione, voyant qu'Oreste hésite à exécuter l'ordre de tuer Pyrrhus, lui dit : « J'ai voulu donner les moyens de vous plaire,/ Rendre Oreste content ; mais enfin je vois bien/ Qu'il veut toujours se plaindre et ne mériter rien./ Partez. » (v. 1234-1237) Cela pousse Oreste à lui obéir ;
- **un signe de faiblesse**. Dans l'acte IV, scène v, Pyrrhus, qui va épouser Andromaque, s'excuse auprès d'Hermione. Celle-ci, désemparée, n'a plus que l'ironie pour se défendre : « Est-il juste, après tout, qu'un conquérant s'abaisse/ Sous la servile foi de garder sa promesse ? » (v. 1313-1315). Dans l'acte I, scène IV, Andromaque,

s'adressant à Pyrrhus, qualifie le massacre de Troie et le meurtre d'Hector comme des « services passés » (v. 356).

UNE VISION JANSÉNISTE DU MONDE

Andromaque illustre une vision janséniste du monde :

- les personnages sont focalisés sur leur amour-propre. Ils ne pensent qu'à eux-mêmes et à leurs intérêts personnels. Les motifs de l'ironie, de la ruse et de la manipulation verbale reflètent cet état d'esprit. Quant aux dieux, ils semblent absents ou sourds, signe de l'éloignement des hommes à leur égard ;
- la liberté dans *Andromaque* n'est qu'un leurre. Les personnages sont esclaves de leurs passions. Andromaque est prisonnière de Pyrrhus ; Oreste est le jouet du destin (v. 1614-1627) ; lui-même et Hermione appartiennent à la famille maudite des Atrides.

La vision du monde dans Andromaque est donc pessimiste. C'est un monde sans grandeur, gouverné par le mal, où les personnages, enchainés au destin, sont aveuglés par leurs passions (« Je me livre en aveugle au destin qui m'enchaîne », v. 98).

LE JANSÉNISME

Le jansénisme est un courant religieux qui s'est répandu au XVIIe siècle, surtout en France, et pour lequel de nombreux auteurs, comme Pascal (1623-1662) ou Racine, ont marqué leur sympathie. Les deux points principaux du jansénisme sont :

- l'homme est irrémédiablement souillé par le péché originel, un péché d'amour-propre (vouloir être l'égal de Dieu) et s'éloigne donc toujours plus de Dieu ;
- il n'y a pas de libre arbitre, l'homme n'est pas libre et son sort dépend de la grâce divine qui lui est accordée à sa naissance sans qu'il puisse y changer quelque chose.

LA FOLIE DES PASSIONS

La passion démesurée dont sont capables les personnages d'Andromaque témoigne de l'état de la médecine de l'époque qui reposait sur la théorie des humeurs d'Hippocrate (460-377 av. J.-C.). L'idée principale en est que la maladie provient d'un déséquilibre des quatre humeurs (le sang, la bile noire et jaune, la lymphe). Ces substances étaient censées avoir une influence sur le caractère et le comportement : la tragédie de Racine témoigne de ces croyances. Pylade, dès le début de la pièce, souligne qu'Oreste est de nature mélancolique (v. 17), la mélancolie étant une maladie provoquée par un excès de bile noire. Il s'agit de l'humeur responsable de la dépression et de la folie. Ainsi, le confident annonce les hallucinations à venir et la triste fin de son maitre.

Pyrrhus, quant à lui, se décrit comme cruel et colérique (v. 214), trait qu'il a pu hériter de son père Achille, dont le courroux constitue un des thèmes de l'*Iliade* d'Homère (VIIIe siècle av. J.-C.). Cependant, il se montre capable de bonté, ce qui fait de lui un véritable héros tragique comme le définit Aristote (384-322 av. J.-C.) dans sa *Poétique* (ouvrage considéré comme un modèle à suivre durant la période classique) : ni tout à fait bon ni tout à fait mauvais. Le médecin Pierre Gerdy (1797-1856), dans son ouvrage *Physiologie médicale, didactique et critique* paru en 1830, donne Pyrrhus comme un exemple de tempérament bilieux, c'est-à-dire sujet aux emportements.

Si la théorie des humeurs s'applique moins aux personnages féminins, ils ne sont pas épargnés pour autant. Hermione est décrite comme une « furie » (v. 753), du nom des déesses romaines persécutrices chargées de la vengeance. Par ailleurs, le mot latin *furor* désigne la « folie furieuse », celui qui est un danger pour lui-même et pour les autres. Cette comparaison explique les multiples changements d'humeur qui caractérisent le personnage tout au long de la pièce ainsi que son suicide. Si Hermione est au bord de la folie, elle entraine Oreste avec elle en le poussant à commettre un meurtre qu'elle renie par la suite. Oreste devient l'instrument de sa vengeance, ce qui rapproche encore Hermione de la figure de la furie.

L'ÉROS RACINIEN SELON ROLAND BARTHES

En 1963, le sémiologue Roland Barthes (1915-1980) publie un ouvrage consacré à l'œuvre de Jean Racine intitulé sobrement *Sur Racine*. Il développe tout particulièrement un point qu'il nomme l'Éros racinien. Il en existe de deux types, et tous deux sont à l'œuvre dans *Andromaque* : le premier, que Barthes désigne comme un Éros sororal (que nous pourrions paraphraser par l'expression « un amour fraternel »), existe entre personnages qui se connaissent depuis longtemps. C'est la relation qu'entretient Pyrrhus avec Hermione, quelque chose qu'il faut qualifier comme une amitié plutôt qu'une passion.

Le second Éros se rapproche du « coup de foudre ». Barthes l'appelle « Éros événement » car il est immédiat : c'est l'amour que porte Pyrrhus à Andromaque. Il est absolu et ne souffre aucun obstacle, il frôle parfois l'obsession. Pour Barthes, « c'est d'ailleurs parce que, chez Racine, l'amour est une pure épreuve de fascination qu'il se distingue si peu de la haine » (p. 24).

DE LA VRAISEMBLANCE À L'EMPRISONNEMENT

La tragédie classique obéit à des lois formelles très strictes dont la principale est celle de la vraisemblance. Afin de toucher le public, l'action de la tragédie doit être vraisemblable. Pour ce faire, elle doit être unique, se dérouler dans un seul et même lieu en maximum un jour. C'est la fameuse règle des trois unités.

Ces contraintes ont pour conséquence que les tragédies de Racine se déroulent toujours dans un univers fermé, particulièrement oppressant :

- du point de vue spatial, *Andromaque* se confine au palais de Pyrrhus, un espace étouffant, refermé sur lui-même et dans lequel les passions des héros menacent d'éclater à tout moment. On peut parler ici de huis clos ;

- du point de vue temporel, les personnages d'Andromaque sont obsédés par le passé, dont ils sont prisonniers. Andromaque vénère la mémoire d'Hector. Oreste et Hermione ne cessent de rappeler les évènements de la guerre de Troie et font référence à des évènements passés. Pyrrhus est la seule exception : figure émancipatrice, il est prêt à mettre de côté l'antique conflit entre Grecs et Troyens pour faire naitre une nouvelle Ilion en Épire.

Le thème de l'emprisonnement, capital dans l'œuvre de Racine, est l'expression la plus nette de cet univers coincé :

- l'emprisonnement peut être concret. Andromaque est la captive de Pyrrhus ;
- mais il peut aussi être abstrait. Plus généralement, les héros sont prisonniers de leurs passions (« Votre âme à l'amour en esclave asservie », v. 18).

LE LANGAGE RACINIEN : « L'EFFET DE SOURDINE »

Alors que les faits racontés dans les tragédies de Racine sont d'une extrême violence (suicide, vengeance, etc.), le style est, par opposition, posé et extrêmement formel. D'une certaine manière, la violence ne s'exprime qu'à travers une langue retenue et maitrisée. On a qualifié ce procédé d'« effet de sourdine » :

- les héros s'expriment souvent en utilisant la troisième personne, ce qui contribue à désindividualiser leur

discours, à le rendre plus froid, plus distancié (« Oreste
– Est-ce le sang d'Oreste enfin qu'on vous demande »,
v. 509 ; « Hermione – Sa mort sera l'effet de l'amour
d'Hermione », v. 1422) ;

- l'usage du pronom indéfini et du pluriel de majesté est
  également fréquent (« Pyrrhus – On peut vous rendre
  encore ce fils que vous pleurez », v. 949), tout comme
  l'usage de l'ironie et du polyptote (présence de deux
  mots de même origine) qui concentre la pensée sous une
  expression ramassée (« Vous vous abandonniez au crime
  en criminel », v. 1312) ;

- enfin, le célèbre vers d'Hermione, « Ah, je l'ai trop aimé,
  pour ne le point haïr ! » (v. 416), est un bel exemple d'effet
  de sourdine. Il y a euphémisme (atténuation d'une idée
  trop brutale). Hermione veut crier sa haine pour Pyrrhus
  mais, en parlant, son langage se maitrise.

Ce style policé, presque précieux, mais qui renferme un
monde de violence, est typique d'*Andromaque*, comme de
toutes les tragédies de Racine.

RACINE FACE À LA CRITIQUE

Les intrigues des tragédies classiques n'étaient pas des
créations sorties de l'imagination des dramaturges, et
Andromaque ne fait pas exception. Plusieurs pièces issues
de l'Antiquité ont inspiré diverses idées à Jean Racine. Après
avoir dédié son ouvrage à « Madame » (Henriette d'Angle-
terre, épouse de Philippe d'Orléans, frère de Louis XIV), il cite
longuement, dans sa Préface, l'*Énéide* de Virgile (70-19 av. J.-
C.) qu'il présente comme à l'origine de son *Andromaque*, à

quelques modifications près. Il a aussi puisé des éléments dans d'autres adaptations de l'histoire de la Troyenne : ainsi, la jalousie et le caractère inconstant de son Hermione sont inspirés de l'*Andromaque* d'Euripide (480-406 av. J.-C.). Dans le texte grec, Hermione et Pyrrhus sont mariés, la prisonnière est devenue la maitresse du fils d'Achille dont elle a un enfant, Molossos, alors que son union légitime reste stérile. Hermione accuse alors Andromaque de lui avoir jeté un sort dans le but qu'elle ne puisse pas donner de descendance à son époux.

La première Préface est une occasion pour Racine de répondre à ses détracteurs qui lui reprochent un Pyrrhus qui ne correspond pas à l'image de l'« honnête homme », un personnage qui ne respecte pas ses engagements : fiancé à Hermione, il s'en détourne. Pour l'auteur, ces critiques n'ont pas lieu d'être : il a cherché, au contraire, à « adoucir » le personnage, qu'il qualifie de « féroce » chez Sénèque (4 av. J.-C.-65 apr. J.-C.) et Virgile.

Dans la seconde, Racine défend à nouveau sa tragédie : il lui est cette fois reproché de prendre trop de liberté avec son sujet. Il rappelle qu'il n'est pas le seul à avoir fait le choix de prolonger la vie d'Astyanax, qui, selon certaines adaptations (comme *La Troade* de Sénèque ou *Les Troyennes* d'Euripide) et variantes du mythe, a été assassiné par Pyrrhus à Troie. Il n'aurait donc pas pu suivre sa mère captive en Épire. Racine se place dans la lignée de Ronsard (1524-1585) qui avait déjà adopté ce principe pour son œuvre inachevée *La Franciade* où le fils d'Hector (appelé Francus) quitte Troie pour fonder la monarchie française. Il rappelle aussi que les auteurs grecs, considérés comme des modèles à suivre, ont eux aussi modifié certains détails selon leurs besoins.

Malgré ces critiques, *Andromaque* a connu un grand succès auprès de la cour et du roi, succès qui ne s'est jamais démenti. Actuellement, c'est la pièce de Racine la plus représentée par la Comédie-Française.

PISTES DE RÉFLEXION

QUELQUES QUESTIONS POUR APPROFONDIR SA RÉFLEXION....

- Qu'est-ce qui fait de cette pièce une tragédie ?
- Peut-on dire que tous les personnages de cette pièce sont des héros tragiques ?
- Le dilemme est au cœur d'*Andromaque*. Expliquez de quoi il s'agit.
- Quelle place Racine accorde-t-il à la passion ? Justifiez.
- Andromaque témoigne-t-elle d'une vision optimiste ou pessimiste du monde ? Justifiez.
- Cette pièce aborde-t-elle des thèmes qui sont toujours d'actualité aujourd'hui ?
- Qu'est-ce que « l'effet de sourdine » propre à Racine ?
- En quoi peut-on parler du triomphe final d'Andromaque ? Dans quelle mesure celui-ci doit être nuancé ?
- Les personnages d'Andromaque sont-ils maitres de leur destinée ?
- *Andromaque* est-elle une tragédie qui respecte la bienséance ?
- Quelles sont les conséquences de la présence des confidents ?
- Définissez l'Éros racinien et donnez des exemples tirés de plusieurs tragédies de Jean Racine ?
- En quoi Andromaque peut-elle susciter la catharsis chez le spectateur ?
- Comparez cette pièce avec *Bérénice* du même auteur. Quels sont les points communs et les différences ?
- Pouvez-vous trouver des points communs entre le per-

sonnage d'Andromaque et ceux d'Électre et d'Antigone ?

POUR ALLER PLUS LOIN

ÉDITION DE RÉFÉRENCE

- RACINE J., *Andromaque*, Paris, Seuil, 1962.

ÉTUDES DE RÉFÉRENCE

- BARTHES R., *Sur Racine*, Paris, Paris, Seuil, 1963.
- BATTESTI J.-P et CHAUVET J.-C., *Tout Racine*, Paris, Larousse, 1999.
- COUPRIE A., *Le Théâtre*, Paris, Nathan, 1995.
- DANDREY P., « Dossier », in RACINE J., *Andromaque*, Paris, Librairie générale française, 2001.
- FOUCAULT M., *Histoire de la folie à l'âge classique*, Paris, Gallimard, 1972.
- HEYNDELS I., *Le conflit racinien*, Bruxelles, Éditions de l'Université de Bruxelles, 1985.
- PIGNARRE R., *Histoire du théâtre*, Paris, PUF, 1999.
- SERVAN-SCHREIBER E. et STAPLETON M., *Le grand livre de la mythologie grecque et romaine*, Paris, Deux coqs d'or, 1985.

SUR LEPETITLITTÉRAIRE.FR

- Commentaire portant sur le dénouement d'*Andromaque* de Jean Racine.
- Commentaire portant sur la scène IV de l'acte IV de *Britannicus* de Jean Racine.
- Commentaire portant sur la scène V de l'acte V de *Britannicus*.

- Commentaire portant sur la scène III de l'acte I de *Phèdre* de Jean Racine.
- Commentaire portant sur la scène V de l'acte II de *Phèdre*.
- Commentaire portant sur la scène finale de *Bérénice* de Jean Racine.
- Fiche de lecture sur *Bajazet* de Jean Racine.
- Fiche de lecture sur *Bérénice*.
- Fiche de lecture sur *Britannicus*.
- Fiche de lecture sur *Iphigénie en Aulide* de Jean Racine.
- Fiche de lecture sur *Phèdre*.

www.lepetitlitteraire.fr

ISBN version numérique : 978-2-8062-1738-7
ISBN version papier : 978-2-8062-1175-0
Dépôt légal : D/2013/12603/198

Avec la collaboration de Johanna Biehler pour le complément d'information intitulé « Rappel de l'histoire de Troie » ainsi que pour les chapitres « La folie des passions », « L'Éros racinien selon Roland Barthes » et « Racine face à la critique ».

Conception numérique : Primento,
le partenaire numérique des éditeurs.

Ce titre a été réalisé avec le soutien de la Fédération Wallonie-Bruxelles, Service général des Lettres et du Livre.

Retrouvez notre offre complète sur lePetitLittéraire.fr

- des fiches de lectures
- des commentaires littéraires
- des questionnaires de lecture
- des résumés

ANOUILH
- Antigone

AUSTEN
- Orgueil et Préjugés

BALZAC
- Eugénie Grandet
- Le Père Goriot
- Illusions perdues

BARJAVEL
- La Nuit des temps

BEAUMARCHAIS
- Le Mariage de Figaro

BECKETT
- En attendant Godot

BRETON
- Nadja

CAMUS
- La Peste
- Les Justes
- L'Étranger

CARRÈRE
- Limonov

CÉLINE
- Voyage au bout de la nuit

CERVANTÈS
- Don Quichotte de la Manche

CHATEAUBRIAND
- Mémoires d'outre-tombe

CHODERLOS DE LACLOS
- Les Liaisons dangereuses

CHRÉTIEN DE TROYES
- Yvain ou le Chevalier au lion

CHRISTIE
- Dix Petits Nègres

CLAUDEL
- La Petite Fille de Monsieur Linh
- Le Rapport de Brodeck

COELHO
- L'Alchimiste

CONAN DOYLE
- Le Chien des Baskerville

DAI SIJIE
- Balzac et la Petite Tailleuse chinoise

DE GAULLE
- Mémoires de guerre III. Le Salut. 1944-1946

DE VIGAN
- No et moi

DICKER
- La Vérité sur l'affaire Harry Quebert

DIDEROT
- Supplément au Voyage de Bougainville

DUMAS
- Les Trois
  Mousquetaires

ÉNARD
- Parlez-leur
  de batailles,
  de rois et
  d'éléphants

FERRARI
- Le Sermon sur la
  chute de Rome

FLAUBERT
- Madame Bovary

FRANK
- Journal
  d'Anne Frank

FRED VARGAS
- Pars vite et
  reviens tard

GARY
- La Vie devant soi

GAUDÉ
- La Mort du
  roi Tsongor
- Le Soleil des
  Scorta

GAUTIER
- La Morte
  amoureuse
- Le Capitaine
  Fracasse

GAVALDA
- 35 kilos d'espoir

GIDE
- Les
  Faux-Monnayeurs

GIONO
- Le Grand
  Troupeau
- Le Hussard
  sur le toit

GIRAUDOUX
- La guerre de
  Troie
  n'aura pas lieu

GOLDING
- Sa Majesté des
  Mouches

GRIMBERT
- Un secret

HEMINGWAY
- Le Vieil Homme
  et la Mer

HESSEL
- Indignez-vous !

HOMÈRE
- L'Odyssée

HUGO
- Le Dernier Jour
  d'un condamné
- Les Misérables
- Notre-Dame
  de Paris

HUXLEY
- Le Meilleur
  des mondes

IONESCO
- Rhinocéros
- La Cantatrice
  chauve

JARY
- Ubu roi

JENNI
- L'Art français
  de la guerre

JOFFO
- Un sac de billes

KAFKA
- La Métamorphose

KEROUAC
- Sur la route

KESSEL
- Le Lion

LARSSON
- Millenium 1. Les
  hommes qui
  n'aimaient pas
  les femmes

LE CLÉZIO
- Mondo

LEVI
- Si c'est un
  homme

LEVY
- Et si c'était vrai…

MAALOUF
- Léon l'Africain

Malraux
- La Condition humaine

Marivaux
- La Double Inconstance
- Le Jeu de l'amour et du hasard

Martinez
- Du domaine des murmures

Maupassant
- Boule de suif
- Le Horla
- Une vie

Mauriac
- Le Nœud de vipères

Mauriac
- Le Sagouin

Mérimée
- Tamango
- Colomba

Merle
- La mort est mon métier

Molière
- Le Misanthrope
- L'Avare
- Le Bourgeois gentilhomme

Montaigne
- Essais

Morpurgo
- Le Roi Arthur

Musset
- Lorenzaccio

Musso
- Que serais-je sans toi ?

Nothomb
- Stupeur et Tremblements

Orwell
- La Ferme des animaux
- 1984

Pagnol
- La Gloire de mon père

Pancol
- Les Yeux jaunes des crocodiles

Pascal
- Pensées

Pennac
- Au bonheur des ogres

Poe
- La Chute de la maison Usher

Proust
- Du côté de chez Swann

Queneau
- Zazie dans le métro

Quignard
- Tous les matins du monde

Rabelais
- Gargantua

Racine
- Andromaque
- Britannicus
- Phèdre

Rousseau
- Confessions

Rostand
- Cyrano de Bergerac

Rowling
- Harry Potter à l'école des sorciers

Saint-Exupéry
- Le Petit Prince
- Vol de nuit

Sartre
- Huis clos
- La Nausée
- Les Mouches

Schlink
- Le Liseur

SCHMITT
- La Part de l'autre
- Oscar et la
  Dame rose

SEPULVEDA
- Le Vieux qui
  lisait des romans
  d'amour

SHAKESPEARE
- Roméo et Juliette

SIMENON
- Le Chien jaune

STEEMAN
- L'Assassin
  habite au 21

STEINBECK
- Des souris et
  des hommes

STENDHAL
- Le Rouge et
  le Noir

STEVENSON
- L'Île au trésor

SÜSKIND
- Le Parfum

TOLSTOÏ
- Anna Karénine

TOURNIER
- Vendredi ou
  la Vie sauvage

TOUSSAINT
- Fuir

UHLMAN
- L'Ami retrouvé

VERNE
- Le Tour
  du monde
  en 80 jours
- Vingt mille
  lieues sous
  les mers
- Voyage au
  centre de
  la terre

VIAN
- L'Écume des jours

VOLTAIRE
- Candide

WELLS
- La Guerre des
  mondes

YOURCENAR
- Mémoires
  d'Hadrien

ZOLA
- Au bonheur
  des dames
- L'Assommoir
- Germinal

ZWEIG
- Le Joueur
  d'échecs